我寫故事你來畫圖系列 4

小兔阿歪，異想天開

康逸藍　著

小兔阿歪，異想天開

徵求高手

一、解題高手

　　【問題來找碴】是針對每一篇故事提出三個問題，希望小朋友看過之後，能寫出自己的想法哦。

二、插畫高手

　　看完故事，動手為故事畫插圖，每一篇都會有兩頁〈快樂來塗鴉〉的單元，找一兩個情節來畫，或是由幾個小圖串連起來都可以，自由發揮。設計一隻你心目中阿歪形象的兔子吧，向家瑜挑戰！

自序

看兔子耍寶

　　除了短篇故事以外，我也創作或改寫了一些長篇故事，已經出版的有《閃電貓斑斑》、《一〇五個王子》、《99棵人樹》、《豆豆的前世今生》、《行俠仗義小巫公》、《米開朗基羅》，還有幾篇尚未出版，於是開始納入計畫；但是先出哪一本呢？心裡其實還沒決定，卻因為一個特殊因緣，決定先出《小兔阿歪，異想天開》。

　　話說本鎮天生國小歐亞美校長，在今年年初鎮公所舉辦的藝文家新春聯誼時，問我有沒有興趣開一班童詩種子班？我想想雖然我寫的童詩沒有童話來得多，但三年前一本「自寫自畫」的《童詩小路》，讓我有機會與小朋友面對面談童詩，也有幾次機會對家長或大專學生演講童詩教學的應用，因此答應了。

　　經過歐校長及蔣承志主任、黃雲雀組長的籌劃，童詩種子班成立了。我們在暑假先密集上十五天的課，第一次帶領二十多個小朋友，我使盡渾身解數，還好小朋友對課程保持高度興趣。我發現小朋友挺喜歡畫圖，於是宣布如果圖畫得好，可以當我下一本書的「插畫者」。那時腦中閃過小兔阿歪這個故事，就脫口說：「主角是一隻兔子，你們就畫畫兔子，看誰的兔子最符合我的阿歪，我就請誰畫。」

　　沒想到很快的，家瑜把畫帶來了，而且她畫的兔子跟我的阿歪形象很符合，但是為了讓別人有機會參加甄選，我鼓吹其他同學也畫畫看，結果

又有兩位同學畫來，他們也都畫得不錯，不過家瑜的比較像怪點子很多的阿歪，所以我宣布由家瑜擔任《小兔阿歪，異想天開》的「插畫者」，請她找其中兩篇，各畫兩張插圖。小朋友在閱讀這本故事書時，可以自己再創造一個新造型的阿歪，向家瑜挑戰。

我個人很喜歡阿歪這個角色，可能他有我的影子存在，我這顆腦袋瓜很不安分，老是喜歡岔出去繞一繞不同的路。小時候上學時，好好的大馬路不走，喜歡找小路鑽，現在也是這樣，喜歡在淡水老街的巷弄裡發現好玩的東西，這樣的人生很有趣。小朋友，歡迎你加入奇思的世界！

在此感謝：所有幫助我把奇思妙想化為這本書的人！

康逸藍
2007仲秋
于淡水水月居

目次

【前言】

　　小兔阿歪，本名叫阿正，是一隻想像力豐富的兔子，住在快樂森林裡。由於他的異想天開，發生許多事情，有好玩的，有溫馨的，也有吃盡苦頭的。小朋友，歡迎你來和小兔阿歪以及他的朋友，共度這些異想天開的時光。

 # 都是狂風惹的禍

　　小兔阿歪好忙啊，拿著樹枝，在芭蕉葉上算個不停，一旁的大熊阿瓜都不耐煩了，問：「阿歪，你到底要不要我幫忙？」

　　「要，要，馬上就用得著你了。阿瓜，等我成功，你就有喝不完的椰子汁。」阿歪說完，踩住蹺蹺板的一端，叫阿瓜抱起最大的那塊石頭，往蹺蹺板的另一端跳上去。

　　只見阿歪被彈起來，以很漂亮的姿勢接近椰子樹頂端，當他伸出雙手要攀上椰子樹時，不料一陣狂風吹來，「輕巧」的阿歪飛躍過樹梢，以僵硬的姿勢摔到地上，一時爬不起來。大熊阿瓜趕緊拎起他，把他送到醫院。不幸中的大幸，阿歪只摔斷左腿。

　　小猴阿路帶著兩顆椰子來看阿歪，阿歪的腿打上石膏，高高的吊著。

　　阿路面有愧色的對阿歪說：「以後我不跟你打賭了，你算得不準。」

　　阿歪生氣的說：「我算得很準確，都是那一陣狂風惹的禍，不知道是哪裡來的妖魔鬼怪風，把我的方向吹歪了，才會讓我摔下來。」

　　原來阿歪很羨慕猴子每天在椰子樹上上下下，他利用科學原理，算出準確的角度，還請大力士阿瓜來幫忙，讓自己可以彈到椰子樹上，沒想到

一陣狂風，把他完美的計畫搞砸了。事前他和阿路打賭十隻棒棒糖，現在他受傷了，阿路覺得很對不起他。

阿路不死心的勸說：「阿歪，你能不能把你的腦袋瓜定住，不要老想些歪主意？」

阿歪豎直耳朵，搖頭，苦笑。如果他的腦袋瓜能定住，就不會被叫成阿歪了。想當初兔爸爸、兔媽媽生下他的時候，幫他取個叫「阿正」的名字，就是希望他正正常常的，沒想到他滿腦子怪主意，常常異想天開，惹來不少笑話，大家就改叫他「阿歪」。

阿歪可不覺得自己怪，他只覺得自己倒楣，像這一次，如果沒有那陣怪風，他不但可以贏得十隻棒棒糖，還可以在椰子樹上和猴子耍寶，更可以摘一大堆椰子，讓朋友們喝個夠！這一次失敗不算什麼，他有百折不撓的精神，可是兔爸爸放話說，他要再想摘椰子，就把他的右腿也砍了。唉，天才的命運總是坎坷的，他不斷用這句話安慰自己。

這時，鸚鵡阿佳從窗外飛進來，劈頭就說：「對不起，我來晚了，因為我去大地島渡假，沒能在現場報導。不過我相信阿歪一定記憶猶新，可以讓我寫一篇血淋淋的報導。」

阿佳是快樂森林裡《八卦週刊》的記者，她總是唯恐天下不亂一樣，希望天天有新聞發生，經過她的八卦筆加油添醋，就是有聲有色的八卦新聞了。阿歪從小有許多鬼點子，失敗的機率又多，是她眼中的「八卦明星」呢！

「你有沒有一點同情心啊，老是想利用阿歪炒新聞！」阿路替阿歪打抱不平。

「死猴子，能被我報導是一種榮耀，如果是你從椰子樹上掉下來，我頂多在報屁股用幾句話幫你記一筆，才不會這麼拚命哩！阿歪，來，笑一個，你這個樣子可以寫成一篇圖文並茂的報導。」阿佳說著，就把相機對準阿歪，阿歪連擋都來不及，她還為阿歪的石膏腳照特寫，並且簽了名。

小猴阿路實在看不下去了，拿起椰子丟她，她迅速飛向窗口，丟下一句：
「我去找大熊阿瓜，聽說他是目擊者，他會告訴我經過。保重了，阿歪，
等你腳好了，再為我製造新聞。」

　　阿路使勁丟出去的椰子，碰到窗框後反彈回來，阿路像玩躲避球一
樣，低頭閃過，可是從阿歪口中，卻發出一聲慘叫，之後就暈過去了。

　　可憐的阿歪，命運會如何呢？請看下回分解。

小兔阿歪異想天開

問題來找碴

1、 主角小兔本來叫做「阿正」，為什麼會被叫成「阿歪」？

2、 小兔阿歪計畫好要打下很多椰子，被什麼破壞而摔得全身是傷？

3、 《八卦週刊》的記者鼯鼠阿佳，在故事中扮演怎樣的角色？

快樂來塗鴉

快樂來塗鴉

城市病房

　　阿歪睜開眼，頭很暈不能轉動，只能用眼睛轉動著看，好奇怪的地方，不是他家，也不是快樂森林的醫院。他試著動動手，才知右手被綁住，正在打點滴。

　　「阿歪，你醒來了，謝天謝地，謝天謝地！」兔媽媽喃喃的念著。

　　「我在哪裡？」

　　「你在城裡的醫院裡。」

　　經過媽媽慢慢的解說，阿歪才記起來，他被小猴阿路的椰子打到，情況很嚴重，被送來城裡的醫院。在這裡，他已經昏睡兩天兩夜了。

　　兔媽媽趕緊通知醫生、護士和爸爸、外婆，因為這家大醫院就在外婆家附近，爸媽住在外婆家，輪流來照顧他。

　　醫生檢查後說頭部沒問題，但腳要休養。不久後，爸爸他們也趕來了，外婆抱著他，眼淚都掉在他臉上。

　　兔爸爸忙問：「我是誰？」

　　阿歪心想：把我當白痴啊！很想回答：你是大野狼！但是看到爸爸焦慮的眼神，他輕輕的說：「爸爸。」

　　兔爸爸鬆了一口氣說：「他的腦袋瓜沒被打壞。」

　　過了兩天，爸媽回快樂森林去了，大部分時間都是外婆陪著。空蕩蕩的病房，白森森的床單、被子。外婆年紀大了，常常坐在床邊打盹。有一個撲克臉的護理長，大家都叫她「撲克長」，她說醫院是養病的地方，不准大家喧嘩，可是她要求太高，整個兒童病房死氣沈沈。

　　窗戶外面是灰灰的天空，從窗口往下看，是川流不息的車輛。好無聊好無聊！一向在山林中跑跑跳跳的阿歪，在這裡像在做牢。

　　阿歪好想念他在快樂森林裡的朋友，他實在是受不了，拄著拐杖，拿著畫筆，在牆上畫一顆椰子，不過癮，添成一串，再畫出椰子樹；還不過癮，在森林裡，他們可以在一大片土或石壁上，盡情的畫。於是他畫下最死忠的朋友大熊阿瓜，接著畫小猴阿路、小蛇阿龍……，連八卦記者阿佳都給畫上了。好像有一屋子好朋友陪著他，好快樂啊！

　　外婆醒來，看著牆上的畫，一個個指名道姓，因為她曾經在快樂森林住了一段時間，跟大家都很好。突然，他們都想起「撲克長」，她出差去，過三天就回來，她看到這些畫，不發飆才怪！

　　最後阿歪的異想天開細胞又發作了，他告訴外婆說：「外婆，放心，包在我身上！」他拄著拐杖走出病房。

　　兒童病房的氣氛變得有點不一樣，家屬和病童三三兩兩討論著，連護士姊姊們的臉上都露出笑容。

　　撲克長開了幾天會，累累的回來，臉孔和以前一樣，「粉」撲克！令她生氣的是，見不到一個鬼影子，比平常還靜寂。她打開專屬的休息室，準備放下行李後，再找大家來訓一頓。她嘟著嘴想著，赫然看到牆上有一幅人像。她大叫：「是誰畫這個醜八怪在我牆上！」

　　「是我，護理長，我這幾天一直想著你，就把你畫下來，大家都說很像。」阿歪出現在門口，鎮定的說。

　　撲克長臉色很難看，左手插腰，右手指著阿歪說：「我哪有這麼醜！」

　　另一面牆有鏡子，阿歪請她看看鏡子裡的自己，她轉過頭，愣住了！阿歪請她坐下來，小聲的跟她說話。

　　每個病房裡的護士、病童和家屬，都屏氣在等待。時間彷彿過了一世紀，擴音器終於傳來阿歪的聲音，說：「護理長出差回來，她很想念大

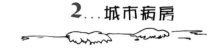

家，馬上要到各病房看看大家。」

　　護理長進到每一間病房，都帶著驚奇又讚賞的眼光，有的房間的牆上畫著可愛的壁畫，有的掛著畫或裝飾品，最重要的是，大家的臉上都堆滿笑容。

　　大導演阿歪跟前跟後，神情愉快。突然一隻小貓大叫：「阿歪的腳好了。」阿歪這才發現，不知道何時已把拐杖丟了，他的腳好了。

　　阿歪跟護理長講的話列為最高機密，在與大家互相祝福聲中，離開醫院，在外婆家待了幾天後，又回到快樂森林，想知道他有什麼新點子嗎？請耐心期待。

小兔阿歪異想天開

問題來找碴

1、 誰是「撲克長」？為什麼有這個封號？

_____

_____

_____

_____

_____

2、 在病房裡，小兔阿歪想念他的朋友時，他怎麼辦？

_____

_____

_____

_____

3、 小兔阿歪如何讓撲克長改變？

_____

_____

_____

_____

快樂來塗鴉

快樂來塗鴉

神奇黑盒子

　　這一天，是小兔阿歪回到快樂森林第一天上學的日子，他心情很興奮，因為好久沒見到同學了。

　　阿歪騎著腳踏車，兩隻耳朵高高的豎起。說起阿歪的耳朵，可是有趣得很。陽光太大，它們可以向前下垂，充當帽子；風大時就讓它們像兩隻旗子，隨風飛揚；一耳豎起、一耳下垂也是他常玩的把戲。而當他兩耳豎成「v」字型的時候，就是他異想天開的時候了。陽光漸大，他想把雙耳往前下垂，卻聽到前面十字路口傳來碰撞聲。「又是車禍！」阿歪無奈的說。

　　快樂森林馬路不多，原本是個寧靜的地方，但是由於居民越來越多，大家又貪享受，喜歡以機車、汽車代步，馬路就顯得擁擠。尤其是十字路口，誰也不讓誰，常發生車禍。

　　放學後，阿歪和同學跑去見掌管快樂森林的「老猩猩林長」，建議林長像城市一樣，在十字路口裝上紅綠燈。

　　林長說：「以前大家都知道要禮讓呀，根本用不到紅綠燈！」林長好像還活在古時候。

　　經過阿歪和同學的解說，林長才覺得紅綠燈的重要，就召集工人來做。不久，各個十字路口都豎立起紅綠燈。林長要求大家遵守交通，以為從此可以天下太平，他實在老得不想多管事嘍！

　　可是交通狀況並沒有改善多少，因為大家都喜歡闖紅燈。有些駕駛被交通警察逮到，就說自己是色盲；有些車好像不長眼睛，直接向交通警察衝來。

《八卦週刊》出現一篇報導，標題是：

異想天開的紅綠燈　亂七八糟的十字路

小鹿阿花說：「阿佳的報導太傷人了，好像所有的錯都是阿歪的。」

小猴阿路說：「如果我是林長，就把不守交通規則的傢伙送上風魔崖。」

風魔崖是一個終年吹著狂風的山崖，一站上去就會被風吹落山崖。

「哎呀，什麼東西啊！」阿歪的手往頭上一摸，是鳥屎，一隻小麻雀剛剛才從他們頭上飛過。

「哈，你要倒大楣了，阿歪！」小蛇阿龍最愛預卜未來，他「龍口直斷」的警告阿歪。

大家都在為阿歪擔心，阿歪卻兩眼發直，兩耳豎成「v」字型，動都不動，大家知道他又在想點子了。突然，阿歪眼中閃著光芒，一躍而起，腳底像裝了彈簧一樣，一跳一跳的回家去。

回到家，阿歪在倉庫中翻翻找找，找出一個黑盒子，開始研究，忘了頭上有鳥屎。經過三天三夜不眠不休的實驗，阿歪完成一個神奇的黑盒子。又過了兩天，最大的十字路口，紅綠燈上面伸出一條管子，管子的末端有一個黑盒子。

大清早，一個交通警察坐在椅子上，阿歪和林長坐在路邊一部車子裡。河馬大媽載著小河馬要上學，她一向沒耐性，眼看紅燈亮了，依然準備往前衝。警察手一按，天空灑下黑乎乎、臭兮兮、黏答答的東西，河馬大媽和小河馬都中彩了，因為他們的車是敞篷的。其他駕駛都緊急煞車，下來看看怎麼回事。河馬大媽指著紅綠燈大罵，大家的眼睛往上看，都看到那個神奇的黑盒子。

接著，林長和阿歪現身，阿歪向大家解說黑盒子的原理和作用。黑盒子原是阿歪發明來餵魚的，可是定時部分設計不良，收在倉庫裡。那天被

麻雀拉屎在頭上，激發他的靈感，改良以後就成了神奇的黑盒子。只要有闖紅燈的車子，警察手一按，黑盒子就會洒下那種噁心巴拉的東西。對於裡面的噴劑，阿歪也把它列為最高機密，免得被亂用。

　　自從有了這種神奇的黑盒子，大家就知道要守交通規則，連色盲的駕駛都說他們有辨識紅綠燈的方法了，交通獲得很大的改善。

　　鸚鵡阿佳見風轉舵，在《八卦週刊》上吹捧阿歪，最後他問阿歪的感想，阿歪回答：「有時候看起來很倒楣的事，也可以給你創造的靈感。」

　　萬一你也被鳥拉屎在頭上，別急著大呼倒楣，想一想，也許你會有創造的靈感哦！如果真有那一天，來找阿歪研究吧，下回見！

小兔阿歪異想天開

問題來找碴

1、小兔阿歪在異想天開的時候，會把耳朵豎成什麼樣子？

2、「神奇黑盒子」是誰發明的？有什麼作用？

3、「神奇黑盒子」的靈感來自什麼？

快樂來塗鴉

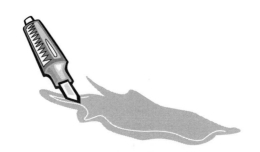

快樂來塗鴉

生日不快樂

　　小兔阿歪設計的「神奇黑盒子」，改善快樂森林的交通，被登在《八卦週刊》上的他，兩耳豎成∨字型，鬍子向上翹起，有點神氣有點酷。跟上次腳上包著石膏被吊起來，一臉苦瓜相的樣子，好像是「狗熊」翻身變「英雄」了。報導內容也有一百八十度的轉變，阿歪心想，鸚鵡阿佳有時候還算慧眼識英雄！

　　老猩猩林長頒給阿歪一個「榮譽小林長」的獎牌後，他更是輕飄飄起來，覺得應該讓大家更深刻肯定他的表現。可惜兔爸爸、兔媽媽只有口頭上誇讚，沒有特殊獎勵。朋友們頂多在經過十字路口時，抬頭指指神奇的黑盒子，他覺得大家對他的偉大認識不夠。

　　「有了！」阿歪想起出院後住在外婆家時，剛好表妹生日，家裡為她舉辦生日派對，請好多小朋友去，每個小朋友都送她禮物，圍著她唱生日快樂歌。那天晚上，表妹穿著亮晶晶的衣服，頭上戴頂亮晶晶的帽子，像個最佳女主角，阿歪也想嘗嘗當「最佳男主角」的滋味。

　　快樂森林的居民沒有過生日的習慣，許多朋友甚至不知道自己的生日在哪一天！阿歪的生日剛好在快樂森林大地震那一天，兔媽媽老是說：「阿歪，你是被地震震出來的，難怪腦袋瓜和別人不一樣。」

　　阿歪決定要過一個有光彩的生日。算一算，距離生日還有三個月，為了讓大家有時間準備禮物，他開始製作生日派對邀請卡。他不用芭蕉葉，怕葉子一枯萎，大家把好日子也給忘了。記得在學校學過紙張的作法，他就用樹皮等，製作一批特殊的紙。當然他還賴著爸媽，要他們準備生日派對要吃的東西。

　　阿歪才把生日派對邀請卡發出去，大熊阿瓜就對他說：「我沒錢買禮物，到時候我背你跑操場三圈當禮物好不好？」阿歪白了他三眼。

　　不久，小猴阿路說：「我幫你抓蝨子，當成生日禮物。」阿歪耳朵都豎直了，這叫什麼朋友，一群吝嗇鬼！

　　小蛇阿龍婀娜多姿的爬過來，嗲聲嗲氣的說：「我送你三個熱情的吻。」說著伸長脖子吐信，湊近阿歪，阿歪被這個「蛇妖」氣得三級跳跳走了。

　　他瞥見走廊上，有同學拿他的生日派對邀請卡摺成紙飛機，丟來丟去，氣炸了。

　　其他媽媽向兔媽媽抱怨，孩子突然問起生日，要求開生日派對，還要錢買生日禮物送同學，她們都怪阿歪又異想天開了。

　　不久，阿歪接到小狐阿沖的生日邀請卡，阿沖的生日就在一個禮拜後。阿歪想，禮尚往來嘛，趕緊去買生日禮物。不久，阿龍的邀請卡也來了，他寫在阿歪邀請卡的背面，連紙都省了。接著，生日邀請卡陸續飄過來，有的半年後生日，早早就把卡片寄來。很多不熟的傢伙突然寄生日邀請卡來和他稱兄道弟，真是莫名其妙。

　　後來，阿歪沒錢買禮物，只好自己做，想得頭痛。有時候，精心設計的禮物卻被批評得一無是處。

　　現在朋友們聚在一起，都在討論生日的事，像穿什麼衣服、帶什麼禮物，比來比去，吵來吵去，簡直搞得「生日不快樂」嘛！

　　《八卦週刊》開闢討論生日的專欄，銷路增加，阿佳時刻注意阿歪的行動，煩透了他。

　　不久，阿歪帶著一肚子火來見林長，向林長訴苦。

　　林長說：「我們的祖先稱這裡為『快樂森林』，就是希望我們過簡單的生活，知足常樂。近年來，我們這裡已經有些不快樂的現象，現在你又帶頭要舉辦生日派對，結果弄得生日不快樂。不過你是點子王，我相信你

有辦法解決。」

　　原來想要凸顯自己的「英雄形象」，沒想到又成為「痛苦狗熊」，阿歪只有想點子來收拾後果。

　　就在阿歪生日前的一個禮拜，《八卦週刊》刊出他一篇文章，意思是說生日那天是媽媽最辛苦的日子，他決定那天在家好好陪媽媽，朋友們只要在心裡祝福，不必花錢、花腦筋送禮物。至於生日派對，就等林長在快樂森林林慶那天，帶領所有居民一起慶生，來個「普天同慶」，每個人都生日快樂啦！

　　這場「生日不快樂」的戲總算落幕。點子王阿歪還敢異想天開嗎？請看下回分解！

小兔阿歪異想天開

問題來找碴

1、 大熊阿瓜、小猴阿路、小蛇阿龍收到小兔阿歪的生日邀請卡，準備要送什麼禮物？

_____

_____

_____

_____

2、 為什麼大家都覺得生日不快樂？

_____

_____

_____

_____

3、 你喜歡如何過你的生日？

_____

_____

_____

_____

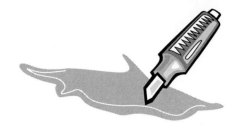

快樂來塗鴉

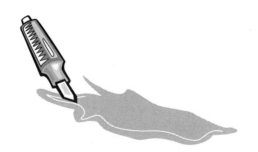

快樂來塗鴉

治療偏方

　　一大早，小兔阿歪才進教室，小猴阿路就把《八卦週刊》丟在他桌上，問：「看了沒有？」阿歪搖頭，他昨天忙著研究家裡的蓮蓬頭。

　　「有明星要轉來我們學校哦！你趕快翻開十三頁看看。」

　　阿歪邊吃早餐邊看。原來鼎鼎有名的童星「虎氏兄弟」為了演戲而荒廢學業，他們要暫時告別演藝圈，專心學業。為了不讓他們受干擾，所以轉到快樂森林這種比較純樸的地方。

　　「阿歪，阿歪，我們要和明星當同學了。」小蛇阿龍好像身不著地似的飛進來，虎氏兄弟是他的偶像。

　　阿龍這一大聲嚷嚷，原本三三兩兩在討論的同學都圍攏過來，熱烈的談著虎氏兄弟。

　　阿歪常常忙著去研究他那些異想天開的點子，並不常看電視，聽了同學的描繪，才知道這一對兄弟能歌善演，早就很轟動了。阿歪趕緊找個角落研讀那篇報導。記者阿佳把虎氏兄弟成長的背景、演藝的歷史都介紹得很詳細，連阿歪也迫不及待的要和他們一起上課了。

　　虎氏兄弟要來上學的那一天，學校像菜市場，很多家長都趕來看明星。大熊阿瓜是糾察隊，一早就拿著糾察棍到處維持秩序。阿佳更是帶著攝影師守候在一旁。時間到了，還沒見到虎氏兄弟，忽然天空出現一個熱氣球，緩緩降落在操場上，虎爸爸、虎媽媽帶著虎氏兄弟，由保鑣引導，進入教室。大家蜂湧到教室門口，最後校長和幾個主任出面，才把閒雜人等趕出學校大門。

有了明星同學，大家都沾光，走路好像有風，一下課就忙著跟他們玩。可是幾天下來，大家都有一肚子氣，例如請他們吃東西，如果是他們不喜歡的，順手就丟進垃圾桶；如果是他們喜歡的，大口吃光，一句謝謝也不說。他們還喜歡捉弄同學，善良的小鹿阿花，被他們架得高高的，然後喊一、二、三，把她摔到地上，上前打抱不平的阿瓜，被虎哥頂住肚子，由虎弟在背後捶；阿龍被他們一個抓頭，一個抓尾，當繩子耍。阿路每天要奉獻幾顆椰子，還有其他同學，說不完……

阿歪忍無可忍，跟他們說道理，虎哥斜著眼看他，說：「你們的兔祖師爺好像連烏龜都跑不過，還敢跟我說什麼道理！」

阿瓜說：「阿歪是我們快樂森林的榮譽小林長，他會想很多點子。」

「那又怎麼樣，一出了快樂森林，誰認識他呀！」虎弟傲慢的回答。

虎氏兄弟不光是欺壓同學，還目空一切，連老師也不放在眼裡。上課時間，兩兄弟隨時起來扭一扭，有時放聲唱歌；有垃圾要丟，就老遠丟過去，丟到同學是常有的事。老師如果制止，他們就大吼：「誰是未來的森林之王？」

校長找虎爸爸去談，虎爸爸說他們被寵壞了，他這個當爸爸的也很頭痛。

「異想天開大王，想辦法解救大家吧！」阿龍求阿歪，幾個死黨也要阿歪「除暴安良」，阿歪只好把耳朵豎成V字型……

這一天，虎氏兄弟又在上課時間站起來扭個不停，突然好像有針刺到胳肢窩，胳肢窩好癢，接著是屁股，屁股好癢，接著其他地方也癢了，他們顧不得難看，扭扭舞變成搔癢舞。最後不得不把衣服給脫下來，一看，全身紅腫，急著向老師求救。老師也不知道該怎麼辦，阿歪說：「跟我來。」就帶他們到河邊去。

到了河邊，阿歪指示他們跳進去，當虎氏兄弟一跳進河中，四面八方游來大鱷魚，一副要圍剿他們的樣子。虎哥忙說：「我們是虎氏兄弟。」

一隻鱷魚大笑說：「我們才不認識什麼虎氏兄弟，我們看到的是美食。」

虎氏兄弟已經忘了癢，拚了老命要突破重圍爬上岸。

阿歪說：「虎哥虎弟，這些鱷魚老兄是止癢專家，還不趕快向他們求救？」

阿歪一提起癢，他們癢得在水中狂抓。折騰半天，他們終於聽勸，乖乖趴在石頭上，讓鱷魚在他們身上尿尿，才止住了癢。

虎氏兄弟原本很瞧不起快樂森林的一切，經過一番教訓，領教了阿歪的妙方，很虛心的要在這裡待下來。

阿歪用玫瑰的刺，染上某些含癢植物的汁，再用自己發明的發射器，讓虎氏兄弟吃足了苦頭。大家問妙方是什麼，阿歪笑而不答，只告訴大家，想止癢，找鱷魚就沒錯。一聽到這句話，大家都掩住鼻孔。

快樂森林還會有什麼事需要阿歪動動腦呢，請看下回分解。

小兔阿歪異想天開

問題來找碴

1、明星「虎氏兄弟」在快樂森林中表現如何？

_____

_____

_____

_____

2、小兔阿歪如何教訓虎氏兄弟？

_____

_____

_____

_____

3、誰是止癢專家？他如何止癢？

_____

_____

_____

_____

快樂來塗鴉

快樂來塗鴉

超耐避震箱

　　自從讓虎氏兄弟「洗心革面」以後，小兔阿歪成為大家的新偶像，不過小蛇阿龍都笑他是「嘔像」。虎氏兄弟成了大家的好朋友，虎爸爸、虎媽媽也放下星爸、星媽的身段，結交許多新朋友，在快樂森林裡安居樂業。

　　快樂森林的林慶快到了，學校要選拔啦啦隊出去表演，虎氏兄弟成了啦啦隊長，利用下課時間教同學跳啦啦舞。阿歪覺得自己沒有跳舞的細胞，卻被逼著參加。大熊阿瓜有點笨手笨腳，左右不分，但是他在最後疊羅漢時可以派上用場，所以也加入了。阿龍的身體雖然很會扭，卻沒手沒腳，很難配合，他只好向「嘔像」阿歪求救，阿歪幫他做了假腿，他就很用心的跟著大夥跳，還立定志向說，將來要跟著虎氏兄弟到演藝圈闖天下。總之，這一隊高矮胖瘦都有的雜牌軍，天天在操場上練習。

　　有一天，正當他們練到最後的疊羅漢時，最上面的老鼠阿吱大叫：「阿喵，你別搖，我快站不住了。」

　　阿喵是隻大花貓，他沒好氣的對下面說：「阿歪和阿旺，你們別亂動！」阿旺是隻土狗，和阿歪站在同一層。他們也警告下面的同學別亂動……突然一個大震動，大家都跌得七暈八素。留在教室的同學也都飛奔出來，一面大喊「地震，地震！」

　　快樂森林處於地震帶，每隔一段時間，會來一次大地震，一震起來，房屋倒塌、居民受傷等，常造成不小的傷害，居民都談「震」色變。他們以為地下有一隻地魔，地魔翻身的時候，快樂森林就搖搖晃晃。他們常常拿豐盛的供品祭拜地魔，地魔卻不領情。阿歪才不相信有什麼地魔，他要想辦法對付地震。他拍拍屁股，走到一邊去，耳朵豎成v字型，開始想點子。

　　放學後，阿歪跟著阿瓜回家，因為熊爸爸是鐵匠，阿歪請熊爸爸打造一個四四方方的鐵箱子。從此，阿歪一放學就到阿瓜家，和熊爸爸商量鐵箱子的型式。不久，箱子做好了，由阿瓜、虎氏兄弟等大力士把它抬回阿歪家的院子裡。

　　院子裡擠滿看熱鬧的鄰居，小猴阿路已經帶著猴兄弟們爬到頂上納涼了。

　　兔媽媽一看，差點沒暈倒，指著阿歪的鼻子說：「原來你每天在忙的大事就是這個，你這箱子是要關犯人嗎？」

　　阿歪說：「媽媽，我這個箱子叫做『超耐避震箱』，地震一來，我們就趕緊躲進去，關好門，不管山崩地裂，房屋倒塌，我們都可以安安穩穩坐在裡面，等別人來救援。」

　　阿歪把門一打開，許多小朋友都衝進去，好像地震已經來了一樣，沒擠進去的不讓他們把門關起來，鬧成一團。等那些爸爸、媽媽把秩序維持住，長頸鹿和大象抗議了，因為他們根本鑽不進去這個「超耐避震箱」。阿歪只好答應他們，另想辦法。

　　阿歪又想，萬一要在「超耐避震箱」內待幾天，那就得準備一些東西，於是乾糧、水、手電筒、棉被、故事書都放進去了。放學後，一群好朋友都來實習防震課程。他們先練習啦啦隊舞，然後阿歪會在某個時候大叫：「地震！」大家就陸續往箱子裡鑽。進去後就吃東西、看故事書。「超耐避震箱」變成「歡樂小屋」，沒辦法受邀的小朋友，都要求父母去訂做一個「超耐避震箱」。

　　後來，他們放學後都賴在箱子裡吃喝玩樂，功課也顧不得寫，而且，父母們認為在箱子裡用手電筒看書有傷眼力，飯前吃了零食，回家吃不下飯，會營養不良。經過勸說，才結束他們這種「歡樂小屋」的日子。

　　阿歪每天都祈禱大地震快來臨，好讓他的「超耐避震箱」展現功效。這事傳到老猩猩林長耳中，他特別來找阿歪這個榮譽小林長，阿歪帶領他

在箱子裡參觀，林長覺得阿歪的點子很不錯，他決定請熊爸爸多做一些，讓居民多一層保障。最後，林長告訴阿歪：「『超耐避震箱』是很好的發明，但這種東西最好備而不用，因為大地震一來，即使生命保住了，財物一樣會有損失，所以你祈禱的內容該改一改了，哈哈哈！」

　　阿歪被林長一說，不好意思的搔搔頭回答：「我知道了，林長，我現在應該想如何預估地震要來，讓大家都能事先避難，這樣對森林裡的各個居民都有用啊！」林長欣慰的點點頭。

　　《八卦週刊》對這個發明的標題是：

超耐避震箱　　頂級歡樂屋

　　因為大家偶爾會在箱裡吃喝玩樂，讓生活多點趣味。看來阿歪這個點子「歪打正著」哩，讓我們繼續期待阿歪的怪點子！

小兔阿歪異想天開

問題來找碴

1、 你怕地震嗎？形容一下地震來時，你和家人有什麼反應？

2、 「超耐避震箱」裡放些什麼東西？

3、 小兔阿歪和朋友們如何使用「超耐避震箱」？

快樂來塗鴉

快樂來塗鴉

最「炫」的造型

　　快樂森林的林慶快到了，由虎氏兄弟編導的「阿歪炫風隊」，被選為節目之一。阿歪很反對用他的綽號當隊名，他認為用「雙虎炫風隊」比較名副其實，因為這次是由虎氏兄弟編導，他們原本就是明星，而他對舞步一竅不通，又常滿腦子東想西想，心不在焉，不是抱住大熊阿瓜的小腿，就是踩到小鼠阿吱的尾巴。但是在快樂森林，阿歪的名氣比虎氏兄弟響，虎氏兄弟也說，大家跳得東倒西歪，很有特色，取「阿歪炫風隊」才名副其實，於是他們正式定名為「阿歪炫風隊」。

　　據《八卦週刊》報導，共有十個節目，唱歌、跳舞、變魔術、耍特技都有。鸚鵡阿佳這個八卦記者，故作神秘的披露，有一隊造型很炫。這一來其他隊伍也都開始注意造型。俗話說：「輸人不輸陣。」阿歪炫風隊的隊員也為造型開會。

　　小猴阿路提議扮超人。小蛇阿龍反對說：「披著大斗蓬，行動多不便，我不要。」阿龍的假腿已經讓他吃盡苦頭，他不想再有太多額外的東西。

　　小鹿阿花說：「那種把內褲穿在外面的打扮，我不敢。」

　　超人裝被否決，他們陸續提出小矮人裝、小紅帽裝、太空人裝、聖誕老人裝等，全都有人反對。因為他們這一隊雜牌軍，高矮胖瘦都有，適合甲的，乙穿起來就很可笑，所以很難找到適合大家的造型。大家吵得口乾舌燥，最後把眼光放在阿歪身上，異口同聲說：「阿歪，你來想辦法吧！」然後他們就鳥獸散，找吃的、喝的，或睡大頭覺去，阿歪大叫：「冤枉啊，這不是我的專長。」可是沒人理他。

　　一大早，椰子樹下，阿歪的耳朵豎成V字型，誰叫它是異想天開大王。他把大家反對的造型一一排除，他想，抄襲現有的造型太沒創意，應該想點與眾不同的……忽然，一顆椰子掉下來，掉在前面的草地上，阿歪正慶幸沒有被砸到，他看著椰子沾了露水，在陽光下發出七彩的光，這給了他一個靈感。

　　當阿歪提出造型設計時，大家先是一愣，接著是臭罵一頓，只有阿龍贊成（因為……）。阿歪等他們發完飆，才慢悠悠的說：「這是我能想出來的最炫的造型，你們覺得不好，就自己去想。」

　　土狗阿旺說：「這個造型可能不錯，難得炫一下嘛！」

　　虎哥接著說：「也對，這叫大突破！」

　　接著大家開始為這個造型找優點，最後竟然通過了，不過他們發誓，誰都不准透露，尤其別讓阿佳知道。

　　林慶那一天，「阿歪炫風隊」的家長們坐在一起，他們都覺得小孩變神秘了，對造型的事像在「保密防諜」一樣，口風很緊。

　　林慶開始，林長說完話，介紹完貴賓後，節目開始了。鶴舞首先登場，幾百隻火鶴身上貼著亮片，翩翩起舞，在空中變化各種隊形，美不勝收；黃鶯合唱團腳繫兩條長彩帶，載歌載舞；魔術狼把林長及貴賓變不見了，幾分鐘後才讓他們重現；河馬相撲隊那圓滾滾的身材，未演就先轟動……

　　最後是阿歪炫風隊的表演，只見他們穿著白色布袋裝，頭上還罩頭套，只露出兩隻眼睛。他們像胖瘦不一的幽靈，慢慢踱出會場，音樂漸漸由慢轉快，他們的身體開始扭動。突然，他們把頭套和布袋裝脫掉，所有觀眾都張大眼睛，露出不可思議的表情。原來他們都把身上的毛剃個精光，塗上五彩顏料，在場中央忘情的勁舞。有些家長根本認不得自己的孩子，除了阿瓜和阿吱他們這些體型比較特殊的以外。跳到最後的疊羅漢，很成功的疊出來了，可惜三秒鐘後，最底下的阿瓜打一個大噴嚏，全部像

山崩一樣塌下來。家長們忍不住上前，要拉出自己的孩子，但是，經過一場勁舞，汗水把顏料打散了，有的家長拉錯孩子，有的家長身上也染了色彩，變成最炫的壓軸戲，觀眾熱烈鼓掌。

　　阿歪炫風隊果然被評為造型最炫的隊伍，不過他們事後才知道，之前根本沒有那一個隊伍要在造型上講究，他們全上了阿佳的當。結果那一期的《八卦週刊》就獵取到很多好鏡頭，尤其是光溜溜的「阿歪炫風隊」。阿歪只能咬牙切齒的說：「『異想天開大王』的頭銜，該讓給阿佳了！」這一次的林慶真令他們難忘！

　　如果你家有養貓或狗或兔子、老鼠，想像一下，牠們光溜溜的模樣吧！只准想像哦！下回再來看阿歪的新點子。

小兔阿歪異想天開

1、虎氏兄弟編導的節目為什麼不叫「雙虎焙風隊」，而取名
　　為「阿歪焙風隊」？

_____

_____

_____

_____

_____

2、阿歪焙風隊的造型是怎樣的？

_____

_____

_____

_____

_____

3、你能設計一個最焙的造型嗎？

_____

_____

_____

_____

_____

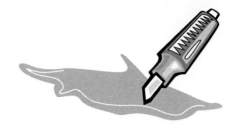

快樂來塗鴉

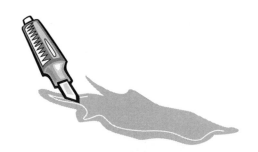

快樂來塗鴉

貼舌牙刷

　　「牙痛不是病，痛起來要兔命！」這是小兔阿歪半夜痛醒，腦中浮現的第一句話。他的牙已經痛好多天，一向最會找偏方的他，也試過各種止痛的藥草，卻毫無效果。再不好，兔媽媽就要帶他去看牙醫狼婆婆了。那還得了，在快樂森林裡，「狼婆婆」等於「恐怖」兩個字。小孩若不乖，父母一說：「再不聽話，就帶你去給狼婆婆拔牙。」一聽到這句話，小孩馬上安靜下來。

　　狼婆婆的診所在風魔崖下，終年有風呼呼的吹，診所的光線很暗，長相駭人的狼婆婆，有一雙發出青光的眼，和兩顆露在嘴巴外的「豬哥牙」（那種從牙齦迸出來的牙）。嘴巴一打開，就有一整排金牙、銀牙發出輻射光，照得你眼睛張不開。她說那些牙都是活廣告，這樣客戶才知道她有多少種假牙。據說狼婆婆是因為小時候沒注意，才會長出豬哥牙，所以發憤當牙醫。

　　狼婆婆拔牙的手段很古老，她會把線的一端綁在牙齒上，另一端綁在門把上，當她用力將門一關，牙齒就應聲而掉。上次阿歪陪小猴阿路去拔牙，當狼婆婆把門一關，阿歪的牙竟然一陣抽痛，大叫一聲「啊呀！」狼婆婆的「青光眼」對他看看，好像是說：「總有一天輪到你！」沒想到這一天真的快來了。

　　不行，不行，我阿歪不要有那麼一天。午餐時間，大家在一起幫阿歪想辦法。

　　大熊阿瓜說：「你很聰明，去學當牙醫，以後可以拯救我們。」阿歪恨不得送他一拳，他未免太有遠見了，早知道便當就不要給他吃。

阿路說：「狼婆婆的拔牙方法我也會，我來幫你。」那種門把拔牙法，免了！

「這可能是你大難之前的小難，我請我的毒朋友在你牙齦上咬一下，把那顆牙毒死，順便化解你的大難。」小蛇阿龍這種卜卦加毒招，阿歪氣得把他的身體扭成螺旋狀。大伙七嘴八舌在為阿歪出主意，只有花貓阿喵在一邊用舌頭梳理毛。

阿歪突然要虎哥伸出舌頭，用手在上面摸一摸，說：「還是你們貓科動物好，舌頭上就有倒刺，好像一把貼舌牙刷，隨時可以用來刷牙。」

大伙都搞不清楚他在說什麼，虎弟說：「我們才不用這種牙刷，我們有電動牙刷。」

阿歪突然站起來，要阿路幫他跟老師請「牙疼病」，就飛奔而去。這時的阿歪已經忘了牙痛，他直接跑去找鱷魚老包，要老包幫他製造一種可以附在舌頭上的「貼舌牙刷」。老包是製造刷子的專家，可是他每次看到阿歪就頭痛，阿歪給他的都是一些「不可能的任務」，成功的機率很小。

阿歪的纏功讓老包又一次投降，答應試試看。從此放學後，阿歪和死黨都浩浩蕩蕩來老包的工廠，試驗「貼舌牙刷」。老包先做出一片片的刷子，暫時固定在他們的舌頭上，讓他們試用。幾次下來，大家都大呼吃不消，阿瓜的舌頭腫脹，阿路老刷到上顎，小鹿阿花差一點把刷子吞進去，阿歪除了牙痛，還加上舌頭麻痺，阿龍的舌信是根本做不出適合的尺寸。而且在舌頭上黏一塊東西，他們話都講不清楚，嘴巴也變形。

原本阿歪替大家勾勒的美夢：吃完糖果糕餅，只消用貼舌牙刷把牙清理乾淨，再喝點水就好了。他還準備在《八卦週刊》介紹這種發明，標題就是

有貼舌牙刷　沒有狼婆婆

最後阿歪不得不放棄貼舌牙刷的構想，但他的兩耳又豎成V字型，看

著阿喵和虎氏兄弟說：「說不定可以利用外科手術，來個移植法……」話沒說完，死黨們全跑光了，割舌頭的滋味可不好受！

半夜，阿歪又痛醒，吵得兔爸爸他們一夜睡不好。隔天，兔媽媽把阿歪押去看狼婆婆。狼婆婆掰開阿歪那張發抖的嘴巴，敲敲打打後說：「怎麼拖到現在，牙根都爛了，得長期治療。」天啊！

阿歪治牙，保鑣一大堆，不過他們都對狼婆婆很好奇，想看狼婆婆怎麼整治阿歪那一口爛牙。經過幾次治療，他們竟然跟狼婆婆有說有笑，狼婆婆還會準備小點心給他們吃，順便教他們保健牙齒的方法，享用完畢，助手狼阿姨還教他們邊刷牙邊跳刷牙舞。狼婆婆診所充滿笑聲，只有一個傢伙笑不出來，你們猜得到是誰嗎？

阿歪的「貼舌牙刷」雖然沒有成功，卻啟發大家，身上器官除了它的正常用途，可能還有其他用途，你願動腦想一想嗎？想到了，別忘了來和阿歪「以腦會友」哦！

小兔阿歪異想天開

問題來找碴

1、你有沒有被貓的舌頭舔過？如果有，請形容一下那種感覺。

_____

_____

_____

_____

_____

2、牙醫狼婆婆有一口怎樣的牙齒？

_____

_____

_____

_____

_____

3、大家試用了老包做的「貼舌牙刷」，出現什麼現象？

_____

_____

_____

_____

_____

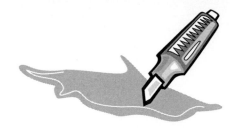

快樂來塗鴉

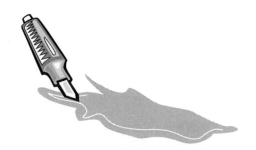

快樂來塗鴉

臭屁變香

你玩過「小天使和小主人」的遊戲嗎？遊戲規則是這樣：班上的同學抽籤，甲抽到乙，乙就是甲的小主人，甲是乙的小天使。小天使要默默的守護小主人，暗中關懷、幫助小主人，在玩這個遊戲期間，不能透露自己的身分。

當老師宣布要玩這個遊戲時，大家心裡都在祈禱，千萬別抽到XXX，也不要被XXX抽到；最好抽到XXX，或被XXX抽到。在抽籤前，有的緊握幸運符，有的吐口水在手心抹一抹，都希望有好手氣。一個一個上台抽，抽完的表情很不同，有的露出神秘的微笑，有的眼一斜、嘴一歪，踩著重重腳步回座位，真可說是「幾家歡樂幾家愁」。

當小兔阿歪看到小主人的名字時，愣了一下，心想：班上有這號人物嗎？好像有，但印象不深刻。他眼光橫掃全班，終於在一個小角落瞄到他。阿歪的兩耳來個大迴轉，小蛇阿龍「龍口直斷」的說：「抽到大美女了吧！」引來一陣笑聲，把緊張的氣氛舒緩了。

要做到「關心他又不露痕跡」，是件不容易的事，班上瀰漫著「猜猜猜」的氣氛。生病了，抽屜裡會出現一張慰問卡；被老師罵了，也許會有一張微笑卡，挺溫馨的。有的同學拚命要套出別人的小主人，所以大家講話都變得謹慎了。

阿歪注意到，午飯時間和下課時間，他的小主人都不在教室，也沒有和別的同學玩在一塊，阿歪才發現這個小主人很神秘，像個幽靈，難怪對他沒什麼印象。阿歪決定跟蹤，可惜進行並不順利，因為阿歪人氣太旺，一下課就有同學找他玩，午飯時間又跟死黨一起吃。好容易閃過眾人耳

目，終於跟蹤成功。原來他的小主人喜歡到操場邊的小荊棘林中，坐在那裡看同學玩。

有一次，大伙玩躲貓貓，阿歪特別闖進荊棘林，他的小主人一緊張，媽媽呀，阿歪顧不得荊棘的痛，兩手掩住鼻子，原來他的小主人—鼬鼠阿由放臭屁了。阿由直說對不起，阿歪不好意思再掩鼻，憋著氣故作驚奇的說：「你怎麼在這裡？跟我們一起玩呀，很好玩的。」

阿由垂著頭答：「我不敢，我容易放—臭—屁。」阿由的臭屁當然是無人不知，無人不怕，阿歪現在才知道阿由的苦衷。

看著阿由的愁臉，阿歪拍拍胸脯說：「你忘了我是異想天開大王，這事包在我身上。」阿由一高興，又是一陣異味飄出來。阿歪在心中暗暗叫苦，心想：這還真不是普通的「疑難雜症」！

大話說出去了的阿歪，耳朵不知道幾度豎成V字型了，還是想不出好辦法。他從許多種植物中提煉香精，讓阿由吃或抹或噴，效果都不理想，只是教室裡多了一些香氣。

小猴阿路說：「阿由自己有毛病，他哥哥跟我哥哥同班，就不會隨便放屁。」

說的也是，鼬鼠家族個個雖然都身懷絕技，卻都是在遭遇敵人才發揮作用，不像阿由，情緒一激動就臭氣沖天。在還沒找到解決的辦法時，阿歪只好常陪著他在荊棘林裡聊天，漸漸的，大家也願意到荊棘林來陪他們。

某一天，阿歪拿一個「臭屁轉化盒」給阿由，告訴他：「只你一放屁，就把轉化盒湊上去，按住開關，讓它把臭氣吸走，在裡面轉化成香氣，回去當你們家廁所的芳香劑。」

口袋裡有「臭屁轉化盒」，阿由終於敢在操場上跟著同學玩兒了。不過說也奇怪，大家等他放屁，好看看阿歪的發明有沒有用，他卻放不出屁。其他同學的屁都太短，根本來不及把臭屁轉化盒借來用。

有一天，老師宣布要讓小主人和小天使現身相認，大家都好高興。當阿由知道阿歪是他的小天使時，抱著阿歪跳舞，他說：「是阿歪的友情，讓我不亂放屁，還有，大家在荊棘林培養出的友情，我一輩子不會忘。」

阿龍說：「我本來很討厭我的小主人，可是經過暗中觀察，我發現他有好多優點，現在，我好喜歡他。」他的小主人是小狐阿沖。

許多同學都跟阿龍有同感，老師很滿意的點點頭。

阿由把「臭屁轉化盒」交還給阿歪，如果你放的連環屁夠臭、夠長，可以來跟阿歪借，他會很高興結交你這個「臭屁朋友」。異想天開的阿歪竟然在《八卦週刊》上登一則「徵屁啟事」，想徵求放屁高手來試他的新發明，猜一猜，會不會有高手上門呢？

小兔阿歪異想天開

問題來找碴

1、 你想不想玩「小天使和小主人」的遊戲？如果想，你希望
　　當誰的小天使？

_____

_____

_____

_____

_____

2、 小兔阿歪的小主人是誰？他有什麼特性？

_____

_____

_____

_____

3、 什麼是「臭屁轉化盒」？

_____

_____

_____

_____

快樂來塗鴉

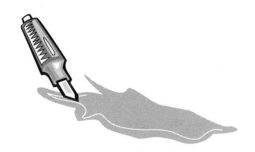

快樂來塗鴉

五不像

　　自從小兔阿歪在《八卦週刊》上登「徵屁啟事」以後，阿歪家的「超耐避震箱」就有了新用途，它變成那些高手們試用「臭屁轉化盒」的好場所。阿歪還請媽媽準備好多東西：蕃薯餅、綠豆糕、碳燒黃豆等容易培養屁的食物。阿歪的如意算盤是這樣的：臭屁被轉化成香屁之後，他再想辦法製成香精片，可以賣錢，賣了錢捐給學校建更大的操場，買更多遊樂器……大家都被他這個偉大的理想感動，自願要來奉獻個人獨特的「臭屁」。

　　《八卦週刊》的記者鸚鵡阿佳，跑來告訴阿歪一則獨家新聞，她說快樂森林來了個神秘驢，聽說他的綽號叫「臭屁大王」。神秘驢全身穿著密密的衣服，臉上還戴著眼罩。阿佳對他很好奇，想去採訪神秘驢，卻老是吃閉門羹，她只好要阿歪動腦筋。阿歪最近也聽說了，神秘驢租了驢媽媽的小屋住，驢媽媽有許多小屋在出租，平常她是很挑房客的，看神秘驢是驢胞，沒多問就讓他租了。驢媽媽說，神秘驢用卡車載了一大堆怪怪的機器，搬進去後幾乎足不出戶，每天都門窗緊閉，好像也沒有吃東西。久了，大家都說他是成仙的驢。

　　阿歪才不相信驢子可以不吃東西，如果這樣，他也要學這種功夫，因為他每次研究東西，老是因為吃飯而中斷。阿歪找了死黨，浩浩蕩蕩去敲神秘驢的門，神秘驢理都不理。在一個月黑風高的晚上，阿歪自己悄悄爬上屋頂，從煙囪滑到壁爐。阿歪看到桌上瓶瓶罐罐，神秘驢正埋頭寫東西，絲毫沒有感覺阿歪的存在。他把自己抹黑，藏在壁爐裡（還好是夏天），阿歪決定暗中觀察。

神秘驢寫到一半，突然站起來，「霹霹噗噗」放了一串連環屁，阿歪在心裡直喊可惜。神秘驢跌坐在椅子上發呆。六點時鬧鐘響了，神秘驢跳起來，打開一線窗簾，外面透進一絲光，放下窗簾，他開了兩個玻璃瓶，各倒出一粒藥丸吞下去，臉上的表情很痛苦，好像在吃毒藥一樣。

看神秘驢吃東西，阿歪也餓啦，趁神秘驢到臥房去的機會，偷溜到廚房找吃的。一到廚房好失望，還是些瓶瓶罐罐的東西。

中午，神秘驢又只是吃兩粒藥丸，一整天，阿歪只聽到不時傳來「霹霹噗噗」，十二萬分惋惜，如果能收集到這些屁，建設漂亮的操場就有希望了。後來，阿歪實在餓得受不了，想爬上煙囪，一不小心，跌了下來，驚動了神秘驢。

神秘驢看了看阿歪，笑笑說：「你是抹黑的阿歪吧，我也正想找你。」阿歪帶著疑惑的眼神，神秘驢指指書架上一排《八卦週刊》，阿歪會心的笑笑，問：「你找我有事嗎？」神秘驢請阿歪坐下，話說從頭……

原來神秘驢是研究太空食物的科學家，他發明一種食物丸，代替真正的食物。只是這種食物丸很難吃，吃了還會放臭屁，悶在太空衣裡，夠嗆的！他也因此被稱為「臭屁大王」。最後太空總署要他放棄，他氣得辭職，到快樂森林來隱居，繼續研究。他看了阿歪那些異想天開的事蹟，就想找阿歪一起來研究，他對阿歪的「臭屁轉化盒」很有興趣。他們越講越投緣，阿歪也吃了那種食物丸，已經不餓了，只是口齒留了怪味。他們邊聊邊「霹霹噗噗」，味道實在太臭了，神秘驢脫下頭巾來搧風，阿歪突然張大嘴巴，說不出話來。

神秘驢恍然大悟，說：「其實我不是驢，阿歪，你很聰明，我考考你，我是什麼？」說著把衣服也給脫了。

阿歪想了半天，說：「你是『四不像』？」

神秘驢點點頭答：「對，我的角像鹿，臉像馬，身體像驢子，蹄子卻像牛，所以被叫做四不像，快樂森林裡好像還沒有我的同胞，我只有冒充

驢胞了」

「四海之內皆兄弟，我媽媽常叫我四不像，我可以算是你的同胞了。」阿歪說著，想到他媽媽看到真正的四不像，表情一定很滑稽，就笑個不停。

「我長得很好笑嗎？」

「不是，不是，是我媽媽很好笑，也不是，總之，你應該去讓我媽看看，這樣她就不會再叫我四不像了。」

「我因為從小跟人家想得不一樣，我媽媽都叫我『五不像』。」四不像說著，也笑了起來。

阿歪決定叫神秘驢「五不像」，怪怪的名字，配怪怪的頭腦。他們要合作來開發「臭屁轉化盒」和食物丸，完成夢想。想知道「阿歪」加「五不像」，會激出什麼樣的火花？請看下回分解！

問題來找碴

1、 誰是「神秘驢」？他的行業是什麼？

2、 神秘驢為什麼會被叫成「臭屁大王」？

3、「四不像」長什麼樣子？神秘驢為什麼又叫做「五不像」？

快樂來塗鴉

快樂來塗鴉

快樂小丸子

　　小兔阿歪和五不像（其實是四不像）成為臭味相投的朋友，常常在一起研究。阿歪那些死黨非常吃醋，因為四不像是動物界的少數種族，通常只被用來當罵人的詞，沒想到一個叫五不像的四不像，把快樂森林的活寶阿歪給搶走了。

　　平常小蛇阿龍喜歡表演模仿秀，什麼狐瓜、獐菲、菜一羚、羊婆婆等，都是他模仿的對象，但是因為他演技不好，大家都笑他「四不像」，現在來一個真的四不像，害他沒心情唱戲了。

　　「那個五不像是個科學怪物，阿歪跟他在一起，不久後也會變成怪物。」阿龍提出嚴重的看法。

　　「對嘛，成天關在那個不見天日的房子裡，天曉得他們會做出什麼事！」鸚鵡阿佳因為採訪不到，連阿歪也罵進去了。

　　虎氏兄弟說必要的時候，他們要「為民除害」，把五不像丟到熱氣球上，讓他飄到風魔崖。

　　小猴阿路把大家的意見寫成諷刺詩，登在《八卦週刊》上。

　　阿歪和五不像的研究不太順利，現在又成了夾心餅乾，心裡很難過。五不像說：「我誠心想和他們做朋友，可是他們對我好像沒有興趣。」

　　阿歪說：「有了，來舉辦放屁比賽，拉近你們的距離。」

　　阿歪用了激將法，把死黨們請進五不像家中，吃下食物丸，然後看誰最有成果。他也趁機拿著「臭屁轉化盒」收集，結果大家屁成一團，笑成一團，把五不像也當朋友了。只是經過試測，臭屁轉香的夢想宣告失敗。五不像安慰他們，太空實驗總是經過無數次失敗，才有一點點進步。

阿佳說：「留得轉化盒在，不怕臭屁不變香！」

阿歪要大家集中火力來讓食物丸變好吃，吃了不會放臭屁。如果能成功，大家都不必做飯，爸媽也不必太辛苦工作。

阿歪請大家去採集各種植物，回來後有的晒乾，有的打成汁，加入食物丸中。在試吃過程中，有很多「可歌可泣」的事，例如：虎氏兄弟和阿瓜冒險到風魔崖採集，差點掉下崖去；小鹿阿花嘗試新丸子，全身出紅疹；阿龍為了娛樂大家，跳舞跳到閃了腰……只是雖然辛苦，卻很快樂，他們為那種夢想中的食物丸取名為「快樂小丸子」。

老猩猩林長全力支持那種一吃就能飽的丸子，讓大家對未來有很多憧憬。一般森林裡，強欺弱、大吃小，快樂森林有法律來禁止這種事，可是偶爾還是會有事情發生，如果「快樂小丸子」研究出來，誰還需要去吃掉別人？

經過日夜研究，終於製成香甜可口、經濟實惠的「快樂小丸子」。從此大家都不必再為三餐煩惱，只要定時吃一粒「快樂小丸子」，快樂森林的居民可以儘情的工作或玩樂，不必為吃的煩惱。

大約半個月以後，問題來了，大家都不必吃飯，種稻、種菜的沒事做；開餐館的沒生意。在以前，大家賺的錢有一大部分是用來吃，現在不必吃，也就不必賺那麼多錢，只要工作半天，另外半天不知道做什麼好。

有一天，大伙聚在一起，阿歪說：「我好想念臭豆腐的滋味。」

「生雞蛋滑潤又香甜。」阿龍陶醉的說。

「我要一盆生菜沙拉。」

「我要烤蕃薯。」

大家七嘴八舌，說得口水都快流出來了。

不只小孩子這麼想，所有快樂森林的居民都覺得生活變得沒趣味。本來討厭煮飯的，現在都在回想煮飯的樂趣。

五不像看出大家的不快樂，他對林長說：「這種食物還是適合在太空

上食用，我已經寫信給太空總署，希望回去工作，這裡還是吃一般食物吧！」

不久後，五不像回太空總署工作，他很感謝快樂森林的伙伴，幫他製造出「快樂小丸子」，讓他除去「臭屁大王」的臭名，在太空食物史上，留下美名。快樂森林的居民，更懂得珍惜食物的一切。不過阿歪常準備快樂小丸子，因為他一埋頭研究新東西，就忘了吃飯。好笑的是，他連快樂小丸子都會忘了吃，樂了螞蟻、蟑螂！

阿歪阿歪，他還有什麼異想天開的舉動呢？下回再說，我也得去吃一顆「快樂小丸子」了！

小兔阿歪異想天開

問題來找碴

1、小兔阿歪為什麼要舉辦「放屁比賽」？

_____

_____

_____

_____

_____

2、「快樂小丸子」有什麼好處？

_____

_____

_____

_____

_____

3、有了「快樂小丸子」，為什麼大家還是不快樂？

_____

_____

_____

_____

_____

快樂來塗鴉

快樂來塗鴉

媽媽牌蓮蓬頭

又到了小兔阿歪的「私密時間」，所謂「私密時間」，就是「每日一澡」的時間。在這段時間內，他的腦袋瓜可以天馬行空，無拘無束的遊走，真是「浩浩天宇，任我遨翔」啊！想一想，浴室的門一關起來，好像與世隔絕一樣，不是絕佳的自由享受嗎？

阿歪喜歡在浴缸裡放些花草、礦石，讓浴室裡煙霧瀰漫，香氣四溢，他想神仙的享受也不過如此吧！可惜最近快樂森林缺水，只能淋浴，不能在浴缸裡泡個夠。阿歪不喜歡淋浴，除了無法享受那種煙霧瀰漫，香氣四溢的境界外，蓮蓬頭死呆呆的定在那裡，水老是沖進耳朵。把身體前歪後扭，還常常洗不乾淨，尤其是胳肢窩最難洗到。這真是一個連澡都不能好好洗的黑色暑假！

想起小時候，媽媽一手拿著蓮蓬頭，另一手在阿歪身上搓揉，真是舒服啊！如果蓮蓬頭能像媽媽的手一樣，那麼淋浴也可以是一種享受了。靈光一閃，阿歪顧不得全身的肥皂泡，坐在馬桶上，兩眼發直，兩耳豎成「V」字型，腦子七彎八拐，想要發明「媽媽牌蓮蓬頭」！

不久，滿身肥皂泡的阿歪，跑進他的個人工作室，一陣乒乒乓乓後，他找到以前做的一隻「按摩手」。那隻手的每一根指頭，都有一條線可以控制，他用來幫爸媽按摩，以爭取更多零用錢，可惜效果不好，最後就拿來跟朋友惡作劇，等大家都失去新鮮感後，就被打入冷宮了。阿歪回憶起跟太空科學食物家五不像一起研究快樂丸時，五不像教他的一些方法。五不像走的時候，留下一些機器給他，其中有電能感應器，也許可以派上用場。

　　隔天一大早，阿歪和死黨又開始傷腦筋了。大家都願意幫忙，可是沒有場所（家裡都只有一間浴室），突然，小猴阿路雙手一拍說：「你們忘了，我家的超耐避震箱有浴室耶！」對啊，猴爸爸最喜歡洗澡，他說萬一地震來了，躲進箱子裡等待救援時，沒澡可洗多難過，於是他在避震箱裡弄了一間浴室。經過一再懇求，猴爸爸勉強把浴室借出。八卦記者阿佳已經寫一篇「預言報導」，把阿歪的構想吹捧一番，快樂森林的居民的目光，都被吸引到阿路家的浴室。

　　阿歪的「媽媽牌蓮蓬頭」的藍圖是這樣：蓮蓬頭和按摩手都可以伸縮自如，當它們被啟動後，會合作無間的，把你從頭到腳洗得乾乾淨淨。你只要把雙手輕抬到胸前，擺出一副準備跳芭蕾舞的樣子，就可以閉著眼睛，回味小時候媽媽幫你洗澡的甜蜜。阿佳請漫畫家畫一幅模擬的圖，登在《八卦週刊》上，那個一臉陶醉的主角正是阿歪。

　　開始動工了，由大熊阿瓜先敲敲打打，這時候，一夥死黨又做起美夢：

　　虎氏兄弟想重溫泡在「按摩池」的感覺；小鹿阿花希望加上樂曲點播系統，邊洗澡邊欣賞音樂；阿路說要有一個噴射口，噴出花香……只有小蛇阿龍氣自己沒有手腳，不能擺出準備跳芭蕾舞的「pose」。

　　阿路說：「上次啦啦隊表演，你不是有假腿嗎？再請阿歪幫你做假手不就好了。」

　　「好啦，阿龍，我幫你做一對修長的假手吧，不過，你先預卜一下，我們這『媽媽牌蓮蓬頭』能不能成功啊？」阿歪對阿龍說。

　　阿龍搖頭晃腦說：「一半一半。」這個答案惹得虎氏兄弟把他一頭一尾抓著，讓大家在他身上「馬殺雞」。

　　大家正嬉鬧時，阿瓜宣布敲好了，大家趕緊投入工作，他們有一個長長的暑假可以做。

　　想得容易，做起來卻很難，有許多技術上無法克服的地方。一碰到問題，阿歪就寫信向五不像請教，五不像很熱心的提供方法。經過一番努

力，這一組蓮蓬頭可以運作了，只是蓮蓬頭和按摩手好像有仇一樣，時常扭在一起，結果手在左邊搓，水往右邊噴。而且，按摩手畢竟不如媽媽的手，時常輕重不分，癢的地方不抓，不癢的地方抓破皮。此外，水溫的控制也還不理想，時冷時熱，水力時大時小。經過多次試驗，大家的身上有的紅腫，有的被抓禿了毛。但是為了不辜負所有居民的期望，他們不斷受苦，不斷改進。為了配合《八卦週刊》的連續報導，他們還咬著牙對著鏡頭拍照。

最後，終於做出比較理想的「媽媽牌蓮蓬頭」，阿歪他們特別邀請老猩猩林長來試洗，沒想到按摩手往他身上一搓，他就笑得咯咯叫。他說他的皮太硬了，即使調到最強那一級也沒用，不過他還是擺一個很陶醉的「pose」照相。接著有不少好奇的居民來試洗，大多表示滿意，說有點媽媽的味道。可惜製作器材不足，費用太高，沒辦法推廣。而且因為舒服又有趣，洗的人盡情享受，所用的水比盆浴還多，對缺水的快樂森林有害無益，最後這個蓮蓬頭成為「偉大而不實用的發明」，只有讓它成為參觀的寶物。

阿歪想寫信邀請五不像來參觀，卻先接到五不像的信，帶來兩件好消息，又在快樂森林裡掀起一陣旋風。到底是哪兩件好消息呢？請看下回分解！

小兔阿歪異想天開

問題來找碴

1、什麼時候是小兔阿歪的「私密時間」？他在這段時間內做些什麼事？

_____

_____

_____

_____

_____

2、小兔阿歪為什麼想發明「媽媽牌蓮蓬頭」？成功了嗎？

_____

_____

_____

_____

3、你記得小時候媽媽為你洗澡的情況嗎？

_____

_____

_____

_____

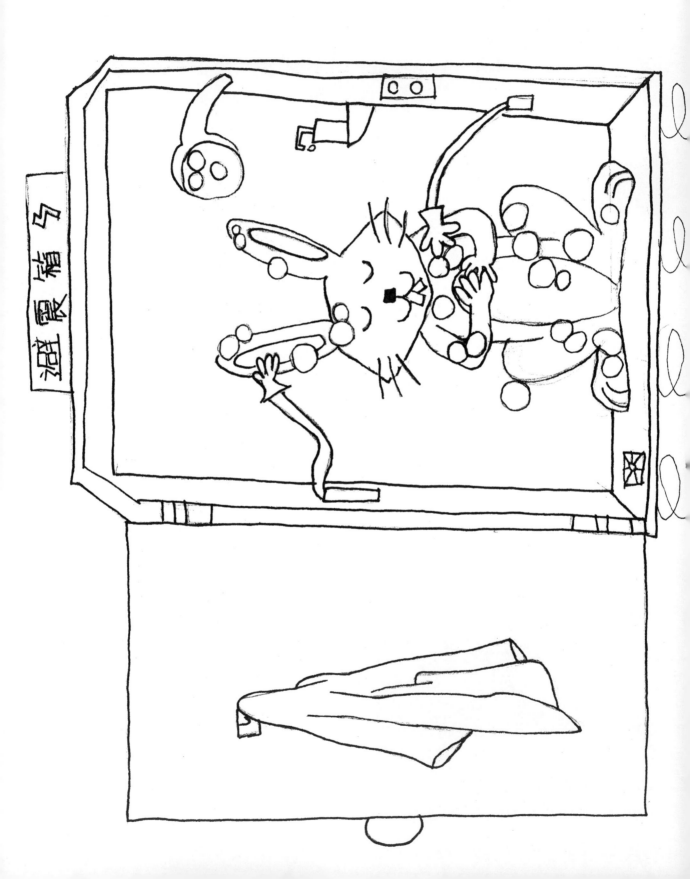

快樂來塗鴉

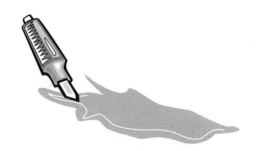

快樂來塗鴉

電腦兩代情

在五不像給阿歪的信裡，有一段說：

阿歪，很恭喜你們發明了「媽媽牌蓮蓬頭」，我已經替你們申請去參加一個國際發明獎的比賽，如果得獎，就會有一大筆獎金，可以建設快樂森林。

另外，我和一群科學家正在策畫一個「電腦高手挑戰營」，我準備幫你報名，你目前對電腦還不是很精通，但我相信憑你那異想天開的頭腦，一定可以來跟大家挑戰。時間是在半年以後，我會先請一位電腦高手，到快樂森林去給你上課，你可以請那幾個死黨陪你一起上，希望你用心學習。

切記，能夠來參加的，都是各地的精英哦，早點磨鍊你的腦吧！

對於電腦高手挑戰營，阿歪既高興又害怕，因為快樂森林有幾部電腦，全都放在老猩猩林長的辦公室，由職員來使用。學校如果要進行教學，也可以使用。阿歪時常異想天開，有一些點子會用到電腦，但是缺乏老師指導，運用得有限。有的職員到別的地方去受訓，回來後偷偷告訴大家，電腦很好玩，但是林長說電腦壞處比好處多，所以那些電腦只能用來辦公事，不能用來玩。

五不像也寫信給林長，一再保證會請德行好的電腦高手來，不會讓小朋友沉迷在電腦遊戲裡，林長才答應。電腦高手來的那一天，林長特別率

領阿歪他們去迎接。火車進站了，才停下來，就有一桌東西被丟下，這桌東西滾到柱子邊，馬上沿著柱子往上爬，原來是一隻身手矯捷的長臂猿。

車上的管理員指著長臂猿，咿咿呀呀罵了一堆話。阿歪他們全心在等電腦高手，沒時間多管。可是汽笛一響，火車走了，沒看到電腦高手。這時長臂猿爬下來，走到林長面前，說：「你們是在等我吧！」

林長說：「不是，我們在等電腦高手。」

「我就是啊！」長臂猿說出這句話，大家的眼光都集中在他身上，他穿著一件蓋不住肚子的上衣，下面是一條鬆垮的七分褲，腳上是一雙開口笑的布鞋，右手還從口袋拉出一頂皺皺的鴨舌帽，怎麼看都不像電腦高手。

他掏出一張名片和一封信，名片上寫著：電腦怪手長臂猿阿尼。

信是五不像寫的，林長趕緊打開，裡面的意思是說：電腦高手挑戰營的消息一被知道，所有電腦高手都被請到各地去指導，五不像因為太忙，晚了一步。還好這個電腦怪手大家請都請不動，才讓他有機會。他特別把阿歪的事蹟拿出來吹噓，才請動阿尼到快樂森林。不過他特別強調，希望林長不要在意阿尼那「有點天真有點迷糊」的個性。

林長問阿尼：「你的行李呢？」

阿尼搔搔頭說：「我在車上太無聊了，抓著吊環盪鞦韆，被管理員丟出來，所有行李都在貨倉裡，包括很多教電腦要用的器材。」

林長只好請站長幫忙把東西找回來。小蛇阿龍附在阿歪耳邊說：「他該改名叫『秀逗高手』才對！」

阿歪白了他一眼，走上前對阿尼說：「電腦怪手，歡迎你來，我叫阿歪。」

阿尼回答：「叫我阿尼就好了，我喜歡跟小朋友在一起。」

經過選擇，阿尼住到阿歪家的超耐避震屋，他說裡面堆滿阿歪那些異想天開的發明，跟他的房間很像，讓他覺得很有親切感。學校特別開闢一間電腦教室讓他們上課，一放學，大家就在電腦教室集合，學習用電腦。

　　阿歪他們的電腦程度不太好，上起課很沒勁。阿尼為了提起大家的興趣，讓他們玩玩電動，每當電玩時間，他們就像生龍活虎。愛出點子的阿歪，加上電腦怪手阿尼，很多電腦方面的知識被他們設計成電玩，兩個月下來，他們的話題離不開電玩了。

　　回家後，他們把功課擱一邊，吃飯時囫圇吞棗，洗澡更是催不動，大部分時間用來打電話，講一些家長聽不懂的電腦語言。沒有上電腦課的學生，聽他們講得活靈活現，也紛紛要求要上電腦課（嚴格說起來是想上電動課）。快樂森林居民的心，像地震來時一樣，高高低低，不得安寧。

　　最後，林長只好分出兩部電腦，由虎氏兄弟指導大家玩電動。結果，小朋友都很沉迷，有些家長很好奇，也排隊玩，卻常因為反應太慢而被取笑。小朋友一放學就搶著去排隊，都忘了自己該做什麼了！家長說：「這些小魔頭，管都管不動！」他們把氣出在阿尼身上，因為小朋友上學時間，他沒事做，常騎個腳踏車到處逛，穿著怪異，也不跟人打招呼，一副目中無人的樣子。小朋友學他，有時候把襪子套在頭上，或拿圍裙當披風等，尤其那一雙長手，老是互相扭成麻花的樣子，他們不知道，那個樣子功用和阿歪把耳朵豎成V字型一樣，表示他正在想點子。家長們警告：快樂森林會培養出一堆電腦怪手。他們要求林長把電腦怪手趕走，也不必讓阿歪去參加什麼挑戰營。（他們怕阿歪變成「電腦怪怪手」）

　　《八卦週刊》有一篇報導的標題是這樣：

　　電腦遊戲玩昏頭　　快樂森林怪手多

　　電腦教室裡，阿歪他們好難過，很怕阿尼被趕走。阿尼之所以被叫成電腦怪手，除了電腦方面怪招多以外，行為也很怪異，而且不在乎人家的眼光。小猴阿路叫阿歪想辦法，阿歪只好豎起雙耳，但很久都沒想出來。阿龍急死了，說：「大人他們不會玩電動，心理不平衡，才會做這種莫名其妙的要求！」

這句話給阿歪靈感，他趕緊跟阿尼商量，只見阿歪口沫橫飛的說，阿尼的眼珠子滴溜溜的轉，最後終於點頭。阿尼說：「要不是我喜歡上你們，我才不會做這種犧牲！」

接下來幾天，阿尼和阿歪忙著設計程式，不久後，電腦教室開放給大人用，小朋友上學的時間，大人可以上電腦課。同樣的，阿尼也是利用遊戲來教學，但所設計的遊戲，都是這些「LKK」們熟悉的，是他們小時候玩的，像辦家家酒、跳格子、丟沙包、抓泥鰍、攻城堡、撿紅點等等。阿尼上課時還特別穿上西裝，渾身不自在。大人們越來越開心，根本沒注意到，阿尼的領帶歪一邊，褲管往上捲，兩隻手老捲成麻花狀這些事。他們發現電腦的確是很好玩的發明，同時，阿尼也發現他們並不是那麼頑固，他們也有很天真可愛的一面。

八卦記者阿佳見風轉舵，馬上在《八卦週刊》登一篇文章，評價轉了一百八十度，標題是：

親子變同學　電腦兩代情

電腦變成大家共通的話題，快樂森林好像走入資訊時代了。不過林長警示大家：要懂得時間的調配，別變成電腦的奴隸。

半年很快過去了，由於快樂森林的電腦風波曲曲折折，阿尼和阿歪忙著解決問題，無法專心「惡補」更高深的電腦知識，阿歪的程度距離電腦高手還遠呢，但是阿尼看法跟五不像一樣：憑阿歪那異想天開的頭腦，一定可以去跟大家挑戰。

阿歪開始整理行李了，這一次不是到熟悉的外婆家，是要到電腦高手挑戰營，面對未知的考驗。阿龍龍口直斷說：「阿歪，你一定可以衣錦榮歸，我們對你有信心。」

阿歪真的可以不負眾望嗎？請看下回分解。

問題來找碴

1、五不像給小兔阿歪的信，帶來什麼令人振奮的消息？

2、誰是電腦高手？他的造型是怎樣的？

問題來找碴

3、大家上了電腦課以後，產生什麼後遺症？

快樂來塗鴉

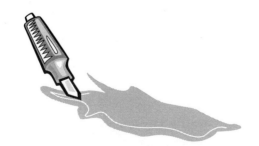

快樂來塗鴉

電腦高手挑戰營

　　小兔阿歪置身在一架直昇機上，和一批挑戰營的高手，正要前往挑戰營。電腦怪手長臂猿對他說，挑戰營設立在崇山峻嶺間。阿歪往下看，果然是一望無際的山林谿谷，阿歪覺得心曠神怡。目的地到了，阿歪看得目瞪口呆，想不到在深山裡可以建一座這種美輪美奐的挑戰營。挑戰營分很多區，設備齊全。

　　阿歪的室友是：閃烏、狐晶、蝟俠。閃烏是一隻什麼都快的烏龜，他最在行的是單腳轉圈圈；狐晶戴副眼鏡，有點凸頭，他說自己是聰明絕頂；蝟俠說自己是全身背著箭、行走江湖的俠士，最好少惹他。他們都信誓旦旦說要成為最頂尖的電腦高手。

　　阿歪到這裡才知道其他高手從小就是資優生，參加挑戰營是先經過各種測驗，才選拔出來的。他們誰也不服誰，個個都趾高氣昂，一副不可一世的樣子。阿歪的基礎不夠，上課時很吃力，和同學討論時，常因為概念不清楚，鬧了很多笑話，他覺得自己像個電腦白痴。沒錯，在挑戰營裡，他很快就擁有「白痴阿歪」這個封號。挑戰營共有三十名成員，他已經蟬聯五週的倒數第一名，而且是遙遙落後在第二十九名之後。那些高手競爭很激烈，分數相差得有限。他的三位室友竟然都保持在前十名，尤其閃烏更有兩次榮登冠軍寶座，他常宣稱自己IQ一百八。他們很氣阿歪老是拉下團體分數，所以對阿歪冷嘲熱諷。阿歪很想念快樂森林的好朋友，在那裡，誰都有自己的專長，不用去比誰第一。

　　為了迎頭趕上，阿歪非常用功，即使是睡覺時間，他的腦細胞卻仍在運動。記得電腦怪手阿尼說過，跟自己比才有意思，今天的我比昨天進步

就好。阿歪常拿這句話鼓勵自己。三個月過去了，阿歪雖然還穩坐最後一名寶座，卻跟第二十九名接近很多了。

有一天，挑戰營的電腦系統全部壞掉，螢幕上出現一個迷宮和這樣一些字：

IQ二百駭客來也

帶來挑戰大毒蟲

欲求解毒秘笈

就在森林一角

營主任原以為只是一個無聊的電腦駭客，不把他的毒放在眼裡，要學員們解毒。結果沒有學員解得出來，營主任和老師們也解不出來，向太空科學室求救，也沒有辦法。緊急開會討論，決定暫時停止課程，每一組由一位老師帶領，描下螢幕上的地圖，到森林裡去找解毒秘笈。

儘管營主任保證森林裡野蠻的動物很少，大家還是怨聲四起，因為他們都是都市長大的資優生，非常嬌生慣養，怎能到那個野蠻森林裡去！連說自己全身背著箭，要行走江湖的蜻俠都不想去。只有阿歪拿起筆，開始描地圖。

「白痴阿歪，你不怕被森林裡的老虎吃掉啊！」閃烏問。

阿歪回答：「有你們在一起，我有信心。」

晶狐說：「你對我們有信心，我們對自己可沒信心，對你更沒有信心。」

「都什麼時候了，還說這種話！快去準備，我們明天一早出發。」負責帶他們一起走的山羊老師說。於是大家趕緊去準備，隔天一早出發。

因為大家對地圖的解讀不一樣，各組很快就分開了。

在挑戰營裡待太久，阿歪一回到森林，快樂得跑跑跳跳，這裡的路沒

有快樂森林平坦，又到處是藤蔓，正符合阿歪冒險的個性。不過阿歪很驚訝，室友們都變個樣了：閃烏變慢烏，蝟俠變軟腳蝦，狐晶要拉著山羊老師才能走；而山羊老師也走得上氣不接下氣，說自己離開森林太久了。

一天下來，他們累得話都不想講，阿歪忙著找地方給大家休息，還負責準備食物。當大家都睡著以後，他還在研究地圖，看不出所以然。他仰望星空，對照地圖一看，恍然大悟，急忙叫醒大家，要他們起來趕路。

蝟俠恨不得用全身的刺，給阿歪一頓教訓，狐晶是哈欠打不完，閃烏把頭縮進殼裡，來個相應不理。山羊老師聽完阿歪的解釋後，要大家跟著阿歪走。走到天亮，阿歪才讓大家休息。白天，他們不趕路，睡飽了，阿歪帶他們認識森林，他們開始覺得森林有趣了。一到晚上，他們又開始趕路，其間他們碰過饑餓的野狼群和一隻大黑熊，在他們合作下，才能化險為夷，往前走下去。第五天晚上，他們在一個石洞裡找到秘笈，就日夜趕路回挑戰營。

別組的成員找一兩天就放棄了，山羊老師帶的這一組，成功完成任務。當然，不久後，大家都知道是阿歪的功勞，阿歪卻說是全組的合作，才能達成任務。電腦系統修好了，螢幕上出現電腦駭客寫的：

IQ二百又如何，

拚不過白痴阿歪！

真是高手外更有高手！

挑戰營不再排名，課程做了改變，除了研究電腦，也加入「森林生活課」，各路來的英雄豪傑，都學一些電腦裡所沒有的知識。阿歪要回快樂森林了，這樣算不算衣錦榮歸？請期待精彩完結篇！

小兔阿歪異想天開

問題來找碴

1、 小兔阿歪在「電腦高手挑戰營」裡的室友有誰？請形容一下他們的外型。

2、 「電腦高手挑戰營」有駭客入侵，他在螢幕上留下什麼訊息？

3、 在「電腦高手挑戰營」裡，小兔阿歪被取個「白痴阿歪」的綽號，他怎麼洗刷掉這個恥辱？

快樂來塗鴉

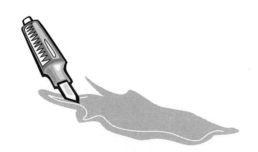

快樂來塗鴉

遙控音樂吸塵器

　　小兔阿歪從電腦高手挑戰營回來，馬上成為《八卦週刊》的封面明星，那一雙V字型的耳朵，被打上兩個可愛的蝴蝶結，身上斜披著大紅綵帶。他面帶微笑，兩顆門牙閃閃發亮！快樂森林裡的父老兄弟姊妹們，有任何電腦上的疑難雜症，都來請教他。

　　可是，此時的阿歪卻面對家裡的《八卦週刊》苦笑，封面上他那張得意的照片，被斜斜撕開。這是弟弟阿皮和妹妹阿咪的傑作。在阿歪快去參加電腦挑戰營的時候，兔媽媽已經懷孕，等他從電腦挑戰營回來，兩個小傢伙已經「兔小鬼大」了，非常頑皮。阿歪自小喜歡拆東西，但都是為了研究，他們拆東西是為了好玩，例如拆下電話筒當鎯頭，敲敲玻璃，敲敲電視，敲得兔爸爸吹鬍子瞪眼，敲得兔媽媽心臟猛跳。阿歪的死黨若沒有頂頂重要的事，也不敢上門來，因為每次一來，不是帽子被丟進馬桶，就是鞋子進了烤箱。

　　以前阿歪常幻想有一串弟妹，當他的小跟班、小助手。誰知道……兔媽媽常說：「有了阿歪，我一個頭兩個大；有了阿皮和阿咪，我已經不知道頭在哪裡了！」

　　怪的是這對寶貝天不怕地不怕，偏偏怕那無所不在的灰塵，灰塵一多就不斷打噴嚏。兔爸爸、兔媽媽和阿歪，只有輪流吸塵。

　　阿歪恨死了這份工作，吸塵器太笨重，馬達那種高分貝又沒氣質的噪音，也讓阿歪受不了，因為他隨時在「異想天開」，適合在鳥語和流水聲裡冥想。

現在該阿歪拿疑難雜症來向朋友求救了，但大家聞阿皮阿咪之名而色變，只有陪阿歪咬牙切齒的份。求人不如求己，阿歪在一棵大榕樹下，耳朵豎成V字型，兩眼發直，腦中一個點子又一個點子，似乎都不理想。他眼睛慢慢閉起，兩耳無力的垂下。一陣風來，榕樹的鬍鬚拂過阿歪的臉，好輕柔，阿歪心中響起樂音。突然，阿歪召喚大家：「我們又有事做了！」

阿歪家的超耐避震箱，也是他的個人工作室，又充滿工作的氣氛。不過他們在裡面加了好幾道鎖，才把阿皮和阿咪那兩個好奇寶寶擋在門外。死黨們把家裡的吸塵器和音響都拿來拆了，因為他們正在研發「遙控音樂吸塵器」。這個吸塵器外型輕巧，不需要拉著電線，只要按按手中的遙控器，它就能「輕移蓮步」，同時放出悅耳的音樂。

好多天過去了，這個夢幻吸塵器，八字還沒一撇。阿歪利用林長辦公室的電腦，用e-mail向太空食物科學家五不像，以及電腦怪手長臂猿阿尼請教。

正當大家都為新穎的吸塵器而期待時，阿皮和阿咪卻很生氣，因為阿歪不准他們靠近工作室。他們兩個合作，拿起自家吸塵器開始吸，才不稀罕什麼遙控吸塵器。過不了多久，阿咪怪阿皮不出力，害她吸不動；阿皮怪阿咪力氣小，只會靠他。他們不但沒把灰塵吸掉，反而弄得到處都是，結果不斷打噴嚏。阿歪正好從林長辦公室回來，趕緊進屋幫他們清理屋子。

經過不斷改良，有一天，終於做出一台比較理想的產品。阿路跑出去弄些灰塵進來，吸塵器還沒啟動，就聽到阿皮和阿咪猛打噴嚏。

「你們怎麼會在這裡？」阿歪抓起他們的耳朵，把他們丟出工作室外。

阿瓜說：「是我帶他們進來的，前幾天他們一直說要看我們工作，我只好把他們裝在口袋裡，帶進帶出。他們答應不搗蛋，你看，他們真的變乖了！」

阿龍對阿歪說：「既然他們不搗蛋，我們就到你家測試吧！」

於是他們就在阿歪家測試，阿皮和阿咪忙著為大家倒水、準備點心，大家都有點受寵若驚。

阿歪的手握著遙控器，稍微發抖，遲遲不敢按鈕。阿咪走到他身邊，說：「哥哥，你們會成功的。」阿皮也跟著說。

阿歪有點飄飄然，因為打從他回來，他們從不叫他哥哥，這一叫，叫得他信心十足，用力按鈕，啟動了，吸塵器慢慢前進，音樂小小聲的放出來。他們都爆出歡呼聲。

經過測試，還有需要改進的地方，他們又在工作室裡努力，這會兒，多了阿皮和阿咪這兩個小跟班，工作室裡笑聲不斷。

「遙控音樂吸塵器」的正式測試典禮，在林長辦公室隆重的舉行。五不像和阿尼也被邀請當貴賓，不過五不像宣布，太空科學實驗室增設學校，希望阿歪能去那裡就讀。這又是快樂森林的一件大事，有的贊成，有的反對，最後經過各方面的考量，阿歪決定接受。

阿歪告訴大家，三年後一定回來，繼續他的「異想天開」。正當大家感覺依依不捨時，八卦記者阿佳指指阿皮和阿咪說：「走了一個大阿歪，還有兩個小阿歪！」大家一聽，笑成一團，暫時忘了離愁！

阿歪將要走上旅程，在此跟大家告別，後會有期囉！

小兔阿歪異想天開

問題來找碴

1、光榮歸來的小兔阿歪，為什麼不快樂？

_____

_____

_____

_____

_____

2、小兔阿歪發明「遙控音樂吸塵器」的動機是什麼？

_____

_____

_____

_____

_____

3、小兔阿歪要被邀請去哪裡？

_____

_____

_____

_____

_____

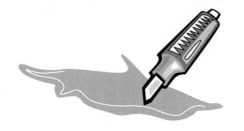

快樂來塗鴉

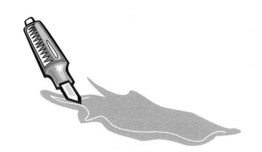

快樂來塗鴉

作者簡介

　　康逸藍，筆名康康、藍棠等，出生於淡水小鎮。

　　師大國文系畢業，在淡水國中任教數年。接著進淡大中研所就讀，畢業後歷任東華書局、國語日報出版部編輯，作文班老師；舊金山培德高中、曼谷朱拉大學中文教師，現專事寫作，並擔任天生國小駐校作家，教導童詩。

　　曾獲海峽兩岸童話優選獎、中華民國教材研學會徵文散文類優選、香港詩網絡詩獎公開組優異獎，行動讀詩會2006年度詩獎。

　　是個喜歡土味的人，從小愛玩、愛鬧，更愛幻想。現在從事「自由業」，意思是「自由自在寫故事給人看的職業」。除了寫新詩、散文、小說、廣播短劇等，特別喜歡寫故事跟小朋友分享，已經出版的作品有：

童話：

《閃電貓斑斑》

《長頸鹿整型記》

《一〇五個王子》

《99棵人樹》

《豆豆的前世今生》

《行俠仗義小巫公》

《非吃不可的童話》

《叫大蟒蛇起床》

《抽脂蚊減肥檔案》

《烏龍蛋失蹤檔案》

傳記：《米開朗基羅》

童詩集：《童詩小路》、《臭豆腐，愛跳舞》

新詩集：《周末．憂鬱》、《今天這款心情》

散文集：《把浪漫種起來》

小說集：《爾虞我詐》

論文：《明末清初劇作家的歷史關懷》

個人網站：《康康文字花園》（http://kanggarden.myweb.hinet.net），歡迎來逛逛。

部落格：http://blog.roodo.com/evahome

國家圖書館出版品預行編目

小兔阿歪，異想天開 / 康逸藍著. -- 一版. -- 臺北市 ：
秀威資訊科技, 2008.01
　面； 公分. --（語言文學類；PG0163）

ISBN 978-986-6732-60-7（平裝）

859.6　　　　　　　　　　　　　　　96025016

 語言文學類　PG0163

小兔阿歪，異想天開

作　　者 / 康逸藍
發 行 人 / 宋政坤
執行編輯 / 詹靚秋
圖文排版 / 陳湘陵
封面設計 / 莊芯媚
封面繪圖 / 張家瑜
插　　圖 / 張家瑜　_____（畫插圖的大小朋友請簽名）
數位轉譯 / 徐真玉　沈裕閔
圖書銷售 / 林怡君
法律顧問 / 毛國樑　律師
出版印製 / 秀威資訊科技股份有限公司
　　　　　台北市內湖區瑞光路583巷25號1樓
　　　　　電話：02-2657-9211　傳真：02-2657-9106
　　　　　E-mail：service@showwe.com.tw
經 銷 商 / 紅螞蟻圖書有限公司
　　　　　台北市內湖區舊宗路二段121巷28、32號4樓
　　　　　電話：02-2795-3656　傳真：02-2795-4100
　　　　　http://www.e-redant.com

2008 年 1 月　BOD 一版
定價：160元

讀 者 回 函 卡

感謝您購買本書，為提升服務品質，煩請填寫以下問卷，收到您的寶貴意見後，我們會仔細收藏記錄並回贈紀念品，謝謝！

1.您購買的書名：＿＿＿＿＿＿＿＿＿＿＿＿＿＿＿＿＿＿

2.您從何得知本書的消息？

　□網路書店　□部落格　□資料庫搜尋　□書訊　□電子報　□書店

　□平面媒體　□ 朋友推薦　□網站推薦 □其他＿＿＿＿＿＿

3.您對本書的評價：(請填代號　1.非常滿意 2.滿意 3.尚可 4.再改進)

　封面設計＿＿＿　版面編排＿＿＿　內容＿＿＿　文/譯筆＿＿＿　價格＿＿＿

4.讀完書後您覺得：

　□很有收獲　□有收獲　□收獲不多　□沒收獲

5.您會推薦本書給朋友嗎？

　□會　□不會，為什麼？＿＿＿＿＿＿＿＿＿＿＿＿＿＿＿＿

6.其他寶貴的意見：＿＿＿＿＿＿＿＿＿＿＿＿＿＿＿＿＿＿＿

　＿＿＿＿＿＿＿＿＿＿＿＿＿＿＿＿＿＿＿＿＿＿＿＿＿＿＿＿

　＿＿＿＿＿＿＿＿＿＿＿＿＿＿＿＿＿＿＿＿＿＿＿＿＿＿＿＿

　＿＿＿＿＿＿＿＿＿＿＿＿＿＿＿＿＿＿＿＿＿＿＿＿＿＿＿＿

讀者基本資料

姓名：＿＿＿＿＿＿＿＿＿＿ 年齡：＿＿＿ 性別：□女 □男

聯絡電話：＿＿＿＿＿＿＿＿ E-mail：＿＿＿＿＿＿＿＿＿＿＿

地址：＿＿＿＿＿＿＿＿＿＿＿＿＿＿＿＿＿＿＿＿＿＿＿＿＿＿

學歷：□高中(含)以下　□高中　□專科學校　□大學

　　　□研究所(含)以上 □其他＿＿＿＿＿＿＿＿

職業：□製造業 □金融業 □資訊業 □軍警 □傳播業 □自由業

　　　□服務業 □公務員 □教職　□學生 □其他＿＿＿＿＿＿

To：114

台北市內湖區瑞光路 583 巷 25 號 1 樓

秀威資訊科技股份有限公司　　　收

寄件人姓名：

寄件人地址：□□□

（請沿線對摺寄回,謝謝!）

秀威與 BOD

BOD（Books On Demand）是數位出版的大趨勢，秀威資訊率先運用 POD 數位印刷設備來生產書籍，並提供作者全程數位出版服務，致使書籍產銷零庫存，知識傳承不絕版，目前已開闢以下書系：

一、BOD 學術著作—專業論述的閱讀延伸
二、BOD 個人著作—分享生命的心路歷程
三、BOD 旅遊著作—個人深度旅遊文學創作
四、BOD 大陸學者—大陸專業學者學術出版
五、POD 獨家經銷—數位產製的代發行書籍

BOD 秀威網路書店：www.showwe.com.tw
政府出版品網路書店：www.govbooks.com.tw

永不絕版的故事·自己寫·永不休止的音符·自己唱